GARIBALDI & MANOELA:
uma história de amor

Coleção **L&PM** Pocket

Leituras afins:

Memórias de Garibaldi – Alexandre Dumas (vol. 206)
Os varões assinalados – Tabajara Ruas (vol. 314)

Josué Guimarães

GARIBALDI & MANOELA: uma história de amor

ilustrações de Nelson Jungbluth

www.lpm.com.br

L&PM POCKET

Coleção **L&PM** POCKET, vol. 294

Este livro foi lançado em 1986 pela L&PM Editores com o nome de *Amor de Perdição*.

Primeira edição na Coleção **L&PM** POCKET: outubro de 2002
Esta reimpressão: abril de 2006

Capa: Ivan Pinheiro Machado sobre ilustração de Nelson Jungbluth
Ilustrações: Nelson Jungbluth
Revisão: Renato Deitos e Jó Saldanha

ISBN: 85.254.1231-7

G663g	Guimarães, Josué, 1921-1986
	    Garibaldi & Manoela -- Porto Alegre: L&PM, 2006.
	    96 p.; 17 cm. (Coleção L&PM Pocket)
	
	    1. Romances brasileiros. I. Jungbluth, Nelson, il. II. Título. III. Série.
	
	                    CDD 869..93
	                    CDU 869.0(81)-3

Catalogação elaborada por Izabel A. Merlo, CRB 10/329.

© sucessão de Josué Guimarães, 2002
Todos os direitos desta edição reservados à L&PM Editores
PORTO ALEGRE: Rua Comendador Coruja 314, loja 9 - 90220-180
         Floresta - RS / Fone: (0xx51) 3225.5777
informações e pedidos: info@lpm.com.br
www.lpm.com.br

Impresso no Brasil

SUMÁRIO

Uma história de amor – Tabajara Ruas / 7

Garibaldi & Manuela / 17

Sumário Biobibliográfico / 81

UMA HISTÓRIA DE AMOR

Este é o último livro de Josué Guimarães e é uma história de amor. Alguns críticos afirmaram que Josué era um escritor másculo. Sua obra, direta e fulminante, deixaria pouco espaço para a meditação e o lirismo. Não acredito que seus leitores concordem com isso.

Josué Guimarães era um escritor múltiplo. Em quinze anos escreveu uma obra desconcertante, contemplada com susto pelos intelectuais de gravata. Do volume de contos inicial, onde está o repórter atento às mazelas do nosso capitalismo de canibais, despontou o romancista do grande painel da colonização alemã. E quando pensavam que começava a enquadrar-se diante de uma definição – "é um escritor de romances históricos!" –, apresentou a magnífica metáfora da dominação e da resistência que é *Tambores silenciosos*. Foi galante e picaresco em *Dona Anja* e foi juvenil e decidido em *É tarde para saber*. Para quem pensava que já tinha terminado de percorrer seu caminho, apresentou uma das páginas mais dilacerantemente tristes de nossa literatura, a história daqueles velhos e seu imenso desamparo de *Enquanto a noite não chega*. Logo narrou a saga realista desse *Camilo Mortágua,* tão nosso e tão universal.

Josué escreveu reportagens, livros infantis e até peças de teatro, como a bem-humorada e dúbia intriga de *Um corpo estranho entre nós dois*. Assim como seus inimigos o caçaram por todo o país e nunca o capturaram, os críticos jamais conseguiram enquadrar Josué numa definição simplória.

Seu testamento é, pois, uma história de amor. Poder-se-ia escrever aqui – nada mais lógico. Mas não é bem assim. O caráter de Josué emerge de sua obra, e o amor, como fenômeno humano, está lá, em toda sua complexidade. *Amor de perdição* não é uma *love story* onde o destino cego interfere na paixão de dois jovens. Josué vê o amor com humildade. O amor é fruto da vida e do encontro dos seres e é organizado pelas limitações da sociedade de classes e da História. Josué sabia disso como ninguém. Este livro fala do amor, fala da História e das classes dividindo as vontades e os seres. Por acaso, é uma história verdadeira.

Em 1836, saco de marujo às costas, chegou ao Brasil o italiano Giuseppe Garibaldi. Por ter participado do movimento conhecido como Jovem Itália – que pretendia libertar sua nação dividida do jugo dos invasores austríacos –, tinha sua cabeça a prêmio. No

Rio de Janeiro entrou em contato com os Farroupilhas. Estes lutavam contra o Império brasileiro e tinham transformado a Província de São Pedro de Rio Grande numa república. Jovem e entusiasta, Garibaldi aderiu ao movimento e partiu para o Sul com a missão de organizar a frota da república guerreira. O amor o esperava.

Conhecemos a história de amor de Garibaldi e Anita: é um conto épico de batalhas e marchas que se espalham por países e continentes e termina tragicamente, debaixo do ribombar de canhões e clarões de incêndios. Pouco conhecemos a história de amor de Garibaldi e Manoela. É essa história que Josué Guimarães nos oferece.

É uma história em surdina. Nídia – a mulher de Josué – acha que essa história é um concerto de câmara, delicado e lírico. Eu penso que é apenas uma flauta soprada ao crepúsculo, densa, suave e com uma tristeza sabiamente disfarçada.

Para melhor entender alguns aspectos da natureza da trama, é bom entender o período dos acontecimentos e os personagens envolvidos. A guerra que os rio-grandenses mantinham contra o Império brasileiro era uma guerra popular, pois somente uma guerra com amplo respaldo do povo do lugar podia ser mantida contra um inimigo tão maior e poderoso. Mas era uma guerra comandada por Senhores da Guerra, fazendeiros duros, experimentados nas longas campanhas da fronteira, contra os índios, os contrabandistas e a Argentina. Eram príncipes bárbaros. Tinham exércitos particulares, ambos os lados, e chamavam-se Neto, Canabarro, Teixeira, Gonçalves, João Antônio, Francisco Pedro. O general Bento Gonçalves da Silva foi o maior deles. Da estirpe dos Meirelles, fundadores do Continente, o general sonhava investido como primeiro mandatário do seu país singular e orgulhoso. É esse guerreiro enigmático e ambicioso e o aventureiro europeu que ninguém sabia de onde tinha vindo que disputam, cada um por seu motivo e cada um por sentimentos bem diferentes, a posse da frágil Manoela.

A verdade é que, para nós, leitores de Josué, basta saber que é o último livro escrito por ele e que mais uma vez ele nos surpreende.

Josué era cheio de surpresas. Foi político, jornalista, espião, pai de filhos, desenhista, *bon vivant*. Andou pelo mundo inteiro (era um gaúcho de São Jerônimo criado em Rosário do Sul, filho de um pastor anglicano da Igreja Epicospal Brasileira) e desencadeou, sem se propor, uma espiral de lendas em torno de sua pessoa: teria escapado a uma patrulha do Exército disfarçado de padre; escrevia seus livros atravessado por um fulgor de febre e jamais os reescrevia; reconciliou um presidente no exílio a seu mais íntimo inimigo. Nos salões do poder, nas redações, nos becos da clandestinidade – dizem as testemunhas e as lendas –, nunca perdeu o sorriso (irônico? franco? tímido?) que o distanciava da sedução das promessas, da fadiga da máquina de escrever, do medo no beco escuro. Esse dom era físico: o homem alto e suave e os grandes olhos verdes que transmitiam com transparência sua serena masculinidade.

Vi Josué Guimarães pela primeira vez na praia do Estoril, em Portugal. Era o fim da tarde e do verão e ele passou abraçado a Nídia, silencioso, junto ao mar, olhando as gaivotas ou o Brasil ou famílias de colonos alemães empurrando serra acima carretas pesadas ou ditadores contorcendo-se em pesadelos. Passou (passaram) serenos, envoltos em sua nuvem de íntimos segredos e os vi afastarem-se na areia até serem dois pontos pequenos engolidos pela distância e pelo crepúsculo.

Só tornei a vê-lo seis ou sete anos depois, num encontro de escritores em Passo Fundo, agosto de 1985. Ali estavam alguns dos maiores nomes de nossa literatura e estavam também as pequenas vaidades naturais, as disfarçadas rivalidades, os ínfimos mas inevitáveis defeitos de um grupo profissional confinado. Havia ali príncipes e mágicos, havia atletas e santos, havia malditos e *best-sellers,* mas só havia um rei e esse rei era Josué Guimarães. Josué não exibiu majestade nem escutou com benevolência de monarca. Sentado na varanda dos hospedeiros, esteve como sempre esteve nos salões do poder, nas redações, nos becos da fuga: esse homem claro, de fala mansa, de escutar atento. Josué emanava uma qualidade particular – rara – encontrada pouquíssimas vezes: nobreza. Entre uísque e conversa amena entendi o significado dessa palavra e entendi que todas as lendas e testemunhos eram verdadeiros. Josué era sem mistérios e era assim – nobre – diante de um potentado, de um fugitivo, de um colega. Diante da máquina de escrever. Diante de uma causa, a sua causa – o socialismo. Essa palavra – nobre – talvez pareça patética, mas ela possui o significado de estar entre as coisas com uma postura vital.

Eu o vi assim nesses dias de Passo Fundo e o revejo naquele distante crepúsculo do Estoril, Nídia ao alcance do abraço, envoltos em seu mistério. Revejo os passos pausados na areia, a calça Lee, a jaqueta de veludo, os cabelos brancos à brisa marinha e, enquanto se afastavam, vi o duro e suave rosto, luminoso, sombrio, rosto nobre de leão adolescente.

Tabajara Ruas

Tabajara Ruas é escritor, autor de *A região submersa, O amor de Pedro por João* e *Netto perde sua alma,* entre outros livros.

GARIBALDI & MANOELA

"Uma vida tão variada em sua marcha como aquela que empreendemos narrar nos obriga, para tornar claros e inteligíveis certos acontecimentos, a separar coisas confundidas no tempo, a reunir outras que só a continuação poderá tornar compreensíveis, e a arranjar assim o todo em partes que se pode julgar considerando-as com reflexão, e de que pode tirar algum proveito para si."

Poesia e verdade, Memórias de Goethe, 2º vol.

– Lembro-me como se fosse hoje – disse o homenzarrão de cabelos claros e olhos azuis. – *Come eri bella, o Constanza.* O comandante se chamava Pesante, era amigo de meu pai. Navegamos do mar Mediterrâneo às águas do mar Negro. Estivemos, inclusive, no porto de Odessa. Eu ficava horas e horas embevecido com as plangentes canções da Ligúria. E bom mesmo foi quando passei a andar com ele na magnífica *Santa Reparata.* Ah, como me lembro bem, e no entanto a impressão que eu tenho é que uma vida se passou.

Don'Ana, ao lado das irmãs Maria Manoela e Antônia, adorava aquelas histórias fantásticas, passadas em terras e mares longínquos, com seres saídos dos livros de aventuras onde havia abordagens de barcos piratas e lutas sangrentas travadas em tombadilhos enfumaçados. Era como se aquele belo e rude marinheiro inventasse histórias novas a cada dia só para pren-

der a atenção das senhoras e das moças. Manoela, meio escondida atrás da mãe e das tias, ouvia com indisfarçável deleite o narrador de mãos calejadas, cabelos rebeldes, braços de lenhador e um vozeirão que parecia ter sido feito

na medida exata para gritar ordens no convés, em meio a tempestades tenebrosas. Ele disse:

– Dona Antônia me pede para contar como iniciei a minha luta ao lado da República, sob as ordens de seu valoroso irmão Bento Gonçalves. Mas se permitem, preciso me recolher hoje um pouco mais cedo, estamos com muito trabalho a bordo dos barcos aqui na Lagoa. Mas prometo que conto um pouco mais nos próximos dias.

Ao dirigir o olhar para a porta que dava para o caminho da Lagoa dos Patos, Garibaldi demorou alguns segundos, um átimo, no belo rosto de Manoela, no seu par de olhos negros e misteriosos, seus cabelos macios e seu alvo colo. Don'Ana percebeu, mas apressou-se a dispensar a gentileza do comandante naval dos Farroupilhas, ainda que levemente contrariada com a interrupção daquelas emocionantes histórias de além-mar. Mas no dia seguinte ele estaria mais uma vez ali.

– Esperamos que o senhor não esqueça o baile de amanhã. E quando houver oportunidade nós contamos com suas histórias – disse Don'Ana, levantando-se da cadeira de balanço.

Garibaldi cumprimentou uma por uma as senhoras presentes, curvando-se elegantemente à frente delas. Demorou-se um pouco mais diante de Manoela, para logo depois dar meia-volta e partir decidido rumo a seus barcos e seus homens. Quando chegou ao estaleiro improvisado, foi logo cercado por Zeffirino, Royer e Edoardo. Matru, sentado ao pé de um tronco morto, esperou que Garibaldi lhe desse notícias da moça por quem ele se apaixonara, irmã de Manoela.

– Acho que vai bem, mas não a vi hoje. Para sorte minha, Manoela lá estava fazendo companhia à mãe e às tias.

E eu pude vê-la. Ah, meu caro, sem ela a vida passou a não ter sentido para mim.

– Isso não tem acontecido comigo – disse Matru, com ar desconsolado. – Mas amanhã, na festa, danço com ela o tempo todo, mesmo depois que os músicos tenham morrido de velhos.

– Amanhã é outro dia – disse Garibaldi, mudando rapidamente de assunto. – Conseguiram afinal fixar o mastro principal? E o cavername de proa do *Farroupilha*? Vejo que estão cansados.

Edoardo acercou-se do comandante:

– Prepare-se para comer o que há para o jantar, pois tudo o que devia ser feito hoje já o foi. Esta semana mesmo fixaremos nele as bocas de fogo.

– Bem, se é assim, só me resta comer e dormir – disse Garibaldi.

Comeu com voracidade tudo o que lhe deram e depois foi aconchegar-se no porão de um dos barcos em conserto. Era a sua casa. Mas não conseguiu pregar olho. Vinha-lhe à lembrança, a cada segundo, o rosto sereno e belo de Manoela. A pele alva e acetinada do colo perfeito, das mãos. Depois que toda a marujada silenciou, permanecendo apenas o leve ruído dos passos de sentinelas no seu vaivém noturno, ele ainda divisava a seu lado a figura da mulher amada. Revirava-se insone no catre desconfortável. E quando afinal o dia raiou, com as primeiras luzes da aurora penetrando através das frinchas do cavername inacabado, Garibaldi tomou uma decisão inapelável, uma espécie de ordem de guerra dada a si próprio: naquele dia mesmo pediria a mão de Manoela. Diria à Dona Maria o que ela por certo já deveria saber, o seu perdido amor por Manoela. E fez um novo esforço, exorcizado, para buscar o sono inatingível que lhe fugira durante aquela longa noite de angústia. Ouviu, então, ao longe, o leve matraquear de cascos no chão duro. Saltou da cama e subiu a pequena escada que o ligava ao tombadilho, no tempo preciso de notar que seus companheiros acorriam pressurosos para o pátio central de obras, temerosos de alguma emboscada inimiga. Empunharam suas armas, protegeram-se e logo surgiu na curva da estradinha um grupo de três cavaleiros, homens da fazenda. Um deles, o negro João, homem da maior confiança das irmãs, apeou de um salto e tomou a direção de Garibaldi:

– Comandante, Don'Ana manda dizer que recebeu aviso de seu irmão, o general Bento Gonçalves, de que ele deve chegar por aqui no fim da próxima semana. E sendo assim...

– Ora, mas que boa notícia – disse Garibaldi, esfregando os olhos vermelhos da insônia que o torturara naquela

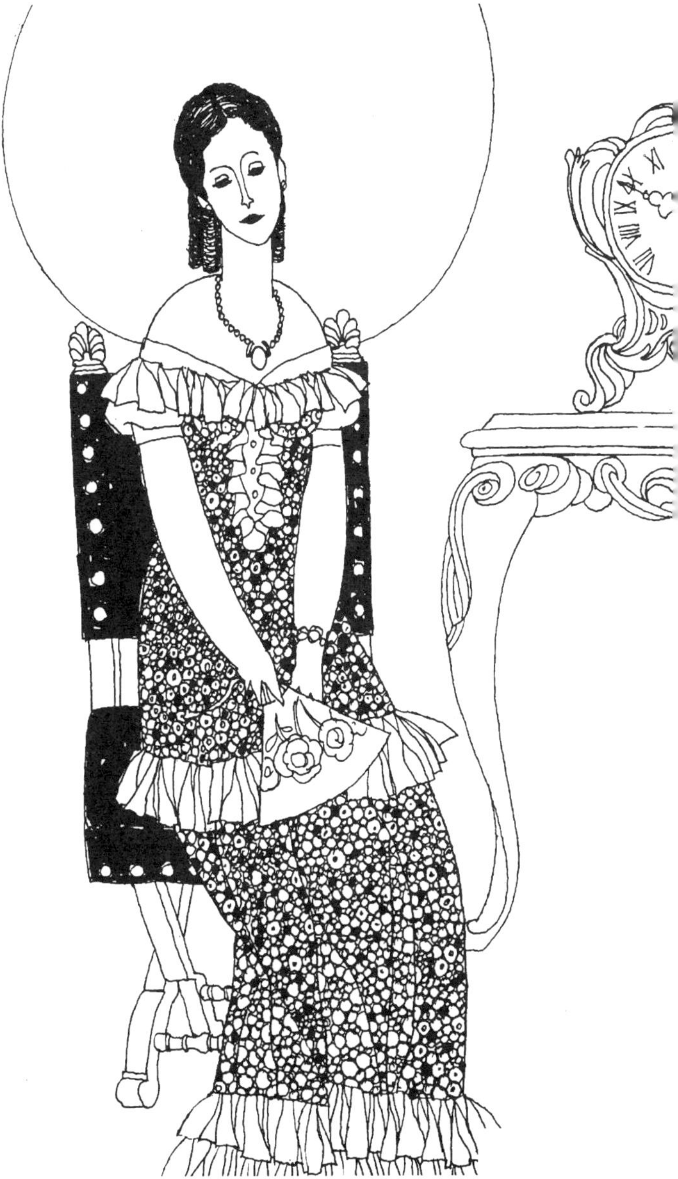

noite. – Mas diga às senhoras que sobre isso conversaremos durante o baile desta noite.

– Mas, comandante, era sobre isso que eu ia falar...

Fez uma pausa diante do olhar de interrogação de Garibaldi e completou.

– Don'Ana pede desculpas ao senhor e aos seus companheiros porque resolveu transferir a festa para comemorar a chegada do general.

Garibaldi pensou um pouco, olhou para os amigos:

– Claro, Don'Ana tomou uma bela decisão. Eu faria o mesmo. Diga a ela que agradeço pela boa notícia e que hoje à noite irei até a Casa Grande, quando conversaremos a respeito. Transmita a ela os meus respeitos.

Matru, já a seu lado, esperou apenas que o negro tornasse a montar e, com seus companheiros, corressem de volta.

— Vou junto com você nem que o mundo desabe.

Garibaldi riu alto. Bateu amigável nas costas dele:

— Pois eu ia lhe fazer o convite, mas já que tomou a dianteira, vamos os dois. Sabe, Matru, tomei esta noite uma decisão muito importante para a minha vida. Uma decisão que não admite retirada. Definitiva.

— Não vai me dizer que...

— Pois é isso mesmo que você está pensando. Vou falar com Dona Maria Manoela, pedir a mão de sua filha e, o que é muito importante para todos nós, principalmente para mim, vou conseguir dormir nas próximas semanas. Não agüento outras noites como esta que acabamos de passar.

Foram juntar-se aos demais companheiros que tomavam o primeiro chimarrão do dia, enquanto alguns marinheiros preparavam o café da manhã.

Indeciso, mas preocupado, Matru perguntou ao amigo se não seria melhor ele seguir o exemplo. Garibaldi sorriu:

– Francamente, não sei. Acredito que isso seja uma coisa que cada um deve decidir pela própria cabeça. Se achar que é chegada a hora, faça como eu.

Olhou demoradamente para o céu, pegou a sua caneca de café preto:

– Espero que hoje faça um bom dia. Nosso trabalho precisa render o máximo para que o presidente leve daqui uma boa impressão. As coisas não andam bem paradas para o nosso lado.

Ao cair da tarde, quando os dois alcançavam a cancela principal do casarão, Garibaldi conseguiu divisar o rosto da amada atrás dos vidros da janela de seu quarto. Era ela mesma. Seria capaz de distinguir aquele rosto a quilômetros de distância, através da fumaça de uma batalha naval travada entre duas poderosas esquadras. Quando se aprestava a ousar um aceno carinhoso, viu surgir na porta principal a figura austera e simpática de Don'Ana. Mudou o rumo da mão e tirou o chapelão de abas largas, fazendo ainda uma mesura exagerada ao apear.

– Boa-tarde, Don'Ana. Fiquei muito alegre ao saber pelo João que o nosso presidente vem aí.

– Pois saiba que também fiquei contente ao saber que viria hoje para conversar sobre os preparativos da recepção que quero fazer ao mano. Deverá ser uma festa inesquecível. Não acha que devemos?

– Sem dúvida. Pois vim dizer às senhoras que vou colocar os meus homens para ajudar no que for preciso. O presidente merece uma recepção à altura. Podemos ficar sabendo de seus planos?

Don'Ana convidou-os a entrar.

Um pouco sem jeito, Matru seguiu o comandante, chapéu girando entre os dedos, nervoso. Don'Ana abriu os postigos da grande sala principal, ofereceu cadeiras e disse que mandaria preparar um café especial com pão feito em casa. E acrescentou, sorridente:

– Desta vez, feito pelas mãos da própria Manoela.

Havia entre os dois uma espécie de cumplicidade não confessada. No fundo, ela fazia gosto, mas temia. Diante daquele belo tipo de aventureiro envolto em lendas e mistérios, marinheiro ousado, um corsário pela nobre causa dos Farrapos, um dos homens de maior confiança do irmão, Don'Ana se mostrava contraditória e insegura. Temor de que, precisamente, não saberia dizer. Esperava com certa ansiedade a chegada de Bento para colocar o assunto sob seu julgamento, contar a ele o que se passava, revelar aquele amor que parecia de perdição e que força nenhuma do mundo seria capaz de impedir. Sabia dos ardores de Manoela, das suas vigílias noturnas, sua inquietude durante as longas ausências do marinheiro de ar romântico, cercado por uma aura de imbatível heroísmo nas inúmeras refregas da campanha farroupilha, da bravura entre os carbonários da velha e distante Itália, dos perigos que vencera em terras da Argentina.

Don'Ana esperou que eles se acomodassem e passou a relatar o que pensavam fazer para abrilhantar os festejos de recepção, os churrascos de carne gorda e especial, os bailes e fandangos para a peonada. Garibaldi confessou que estava ansioso para ouvir do próprio presidente as últimas notícias dos campos de batalha, como andavam as coisas em Piratini, sobre Domingos de Almeida e, principalmente, como andava o erário em matéria de recursos, em geral escassos. Mal ele acabara de falar e surgiram da porta dos fundos as outras irmãs. Levantaram-se os dois e Garibaldi adiantou-se para cumprimentá-las. Matru retornou para o lado de Don'Ana, disposto a anotar o que lhes caberia fazer para o maior brilho da festa. Ela disse que as irmãs haviam chegado na melhor hora. Convidou Matru para acompanhá-la até a despensa principal, era preciso anotar muita coisa. Pediu às irmãs que fizessem companhia a Garibaldi, o café logo seria servido.

Maria Manoela, introvertida, quase não encarava o marinheiro italiano. Antônia, alisando rugas invisíveis no vestido rodado, quis saber como iam os trabalhos de reparo e de construção dos barcos. O comandante informou que tudo marchava de acordo com os planos traçados quando da última visita do general Bento Gonçalves. Assim, estava alegre com a notícia de sua vinda. Era uma boa oportunidade que teriam para uma conversa mais demorada. Virou-se para Maria Manoela:

Espero que a senhora não me leve a mal, mas eu gostaria de lhe dizer algo que há muito trago preso na garganta. Acontece...

As senhoras se entreolharam, nervosas. Maria Manoela conseguiu articular as primeiras palavras, gaguejando...

– Bem, eu creio que... bem, nós podemos conversar quando Don'Ana chegar... o senhor desculpe, ela não deve demorar, e logo vem o café.

– Mas eu apenas queria dizer, ou melhor, falando francamente, eu quero pedir a mão de sua filha Manoela em casamento, se é que não esteja sendo muito atrevido... eu sei que não a mereço, mas não podia deixar de lhe falar. A senhora deve saber que Manoela também me ama. Estou certo disso.

— Veja – disse a senhora –, Ana está de volta. Por favor, fale com ela também, eu não sei o que dizer, eu preciso de mais algum tempo, foi tudo assim tão de repente.

— Bem, a senhora pode ficar tranqüila, não quero uma resposta assim tão imediata. Sei como está se sentindo. E depois, a senhora deverá falar com Manoela, ela precisa dizer se está de acordo. Eu espero, Dona Maria, eu espero.

Don'Ana aproximou-se, seguida por Matru, e notou logo o que se passava naquela sala. Notou os olhos brilhantes de Garibaldi, o constrangimento das senhoras, o fato de que todos se haviam calado com sua chegada. Perguntou:

— Tudo bem? Posso saber do que falavam?

Garibaldi adiantou-se, sabendo que ninguém mais diria uma palavra sequer:

— Pois eu gostaria muito que a senhora soubesse, Don'Ana, do que acabo de falar. Terminei de pedir a mão de Manoela a Dona Maria. Eu sei que fui um pouco precipitado, mas, enfim, a gente nos dias de hoje nunca sabe o que pode ser o dia de amanhã. Enfim...

Don'Ana sentou-se como se as pernas lhe falhassem, olhou para as irmãs e fixou-se em Garibaldi, que lhe parecia, mais do que nunca, resoluto e tranqüilo.

– Já que o mano está por chegar, não custava nada a gente esperar por ele, pois é quem deve dar a palavra final. Ele é seu amigo, é homem que sabe das coisas e conhece o mundo, e depois, trata-se de sua sobrinha Manoela, justamente a quem ele dedica uma especial afeição. O senhor não está de acordo em que se espere pela sua chegada?

– De pleno acordo, minha senhora. E quanto à festa, as senhoras podem ficar descansadas que arregaçaremos as mangas a exemplo do que fazemos na construção dos nossos barcos. Uma turma continua lá e outra vem para cá cuidar de tudo. Não é todo o dia que se tem um presidente entre nós.

Levantou-se, seguido por Matru, apresentou despedidas e retornou, expressão meio sombria, para as margens da lagoa. Na cavalgada de volta ele notou o amigo taciturno e calado. Perguntou, fingindo estar descontraído:

– Faltou coragem para seguir o companheiro na carga de cavalaria?

Matru fez um gesto de cabeça, concordando. Faltara-lhe coragem naquele dia, mas prometia a si mesmo que dentro de mais alguns dias seguiria o exemplo de Garibaldi.

– Pois já sabe como fazer – disse Garibaldi –, nada de rodeios, de voltas, marchas e contramarchas. É chegar e ir direto ao assunto principal. Não é garantido, mas pode dar certo.

Aquela foi uma noite diferente. Garibaldi recostou a cabeça no improvisado travesseiro e dormiu como não o fazia havia muitíssimas noites. Era como se tivesse virado uma batalha considerada como perdida. Merecia o sono dos justos. Daquele dia em diante trataria de dividir da melhor maneira possível o preparo dos lanchões e as festas programadas. Sentia-se outro.

Boa parte das manhãs ele desenvolvia as suas atividades no comando dos trabalhos, nas ordens e aconselhamentos, tudo com uma indisfarçável vontade de esgotar-se fisicamente para melhor enfrentar o fervilhar dos pensamentos que ameaçava ainda as suas noites. Entrava de rijo no trabalho da marujada, ora no machado, ora na faina pesada com o enxó, no uso do grande malho de madeira para embutir os tarugos de encaixe.

Na manhã do grande dia, para desespero seu, passara outra noite de angústia, pois não saberia dizer qual seria a reação de Bento Gonçalves diante de suas pretensões. Tivera pesadelos que envolviam saudades dos velhos companheiros da Itália, as dúvidas dolorosas quanto à sorte de Mazzini, se ainda continuava vivo ou se morrera em algum lugar distante. Ele próprio, Cuneo, Castellini, Rossetti, Carniglia e seu fiel Matru, ali perdidos nos entreveros de uma outra guerra justa, mas que afinal não era a mesma pela qual haviam jurado fidelidade até a morte. E sobre aquele imenso e nebuloso pano de fundo, a figura angelical de Manoela, ao alcance dos olhos, mas distante de suas mãos.

Quando o piquete presidencial aproximou-se da porteira da estância, Garibaldi e seus companheiros mantiveram-se a certa distância, dando primazia à família para suas manifestações de júbilo e para a emoção de suas irmãs, saudosas do general que um dia partira para a guerra que parecia não ter fim. Depois dos primeiros abraços, os dois homens trocaram olhares e Bento Gonçalves adiantou-se para o apertado abraço fraternal. Don'Ana alegrou-se. A cena provava a amizade que o irmão devotava ao comandante naval dos insurretos. Mesmo sem admitir, ela também sonhava com o casamento de Manoela com aquele esplêndido homem do mar. Sim, as festas daquele dia poderiam muito bem servir para duas comemorações: a chegada do irmão e o noivado oficial da sobrinha. Num átimo, passou-lhe pela cabeça o dia em que chegara à fazenda a notícia de que Garibaldi tombara morto numa emboscada de Chico Pedro, em Charqueada. Manoela esvaíra-se em lágrimas, como se de fato houvesse perdido o próprio noivo.

Os escravos iam e vinham, fogões acesos, fornos quentes, gado sangrado e esfolado, vizinhos chegando em charretes e carroções, soldados de guarda em pontos estratégicos para o caso de uma surpresa dos imperiais. Mas Garibaldi notou que o general preocupava-se com algo. Numa primeira oportunidade, após uma demorada e cuidadosa visita aos estaleiros, depois que elogiara a rapidez dos trabalhos, Garibaldi quis saber o que toldava o semblante do presidente. Bento foi franco:

– Trata-se de Bento Manoel. Há quem pense que ele pode nos trair a qualquer momento. Sabe, cachorro que come ovelha... e isso pode nos trazer muitas complicações. Pretendo escrever uma carta daqui mesmo só para lembrar-lhe dos compromissos que assumiu com a República. E mandarei dizer a ele que em troca darei tudo o que quiser. Sim, o que pedir, darei.

Garibaldi ficou pensativo, mas não disse nada. Preferia opinar apenas em assuntos que dissessem respeito a seu comando. Era homem do mar, marinheiro que viera de águas longínquas, de outras esquadras. Aproveitou para dizer que, se preocupação houvesse, jamais partiriam de seu lado. O presidente que ficasse tranqüilo. O que dependesse de sua ação, seria feito. Bento Gonçalves mostrou-se grato e reconhecido dizendo que estava na hora de regressarem ao casarão, já demoravam em excesso. Deu o exemplo aos demais, montando ágil e partindo a galope, no que foi seguido por Garibaldi e seus oficiais.

De chegada, suas irmãs o convidaram para uma espécie de inspeção aos preparativos: leitões assados no forno, guisados com ervas de cheiro, travessas variadas de galinha, sobremesas que iam dos doces de leite aos beijus e cocadas. Pelas salas do casarão e entre as árvores, bandeirolas coloridas davam ao ambiente um ar descontraído e alegre. A guerra ficara distante e, como acontecia sempre nos dias de festa, o jantar teve início às quatro da tarde, servido numa grande mesa no centro da sala principal, com numerosas outras espalhadas pelo pátio fronteiro, sob o arvoredo engalanado. Bento e Garibaldi ganharam as honras dos melhores lugares, ladeados ambos pelas irmãs de Bento, filhas e demais parentes. Os oficiais da marinha rebelde ocupavam os outros lugares. Os vizinhos desfilavam para apresentar seus cumprimentos ao presidente da República, enquanto os escravos se revezavam para manter as mesas bem sortidas.

O baile começou ao cair da noite. Bento tirou a irmã Antônia, que sentara-se a seu lado, na mesa, dando o exemplo, logo seguido por todos os demais.

Garibaldi tirou Manoela e, com emoção, tocou pela primeira vez em suas mãos macias e sentiu o delicado perfume de seus cabelos. Sentiu o calor do corpo da mulher que velava por ele nas longas noites doloridas dos porões do *Farroupilha,* ainda em obras. A *chimarrita,* o *pericón,* a *polca paraguaia.* Manoela estendeu os braços, enrijeceu o corpo e permaneceu afastada de seu par. Não conseguia sequer levantar o olhar para aquele gigante que a fazia rodopiar pela sala. Sentia que estava sendo observada por quase todos.

Não viram, tão felizes estavam, quando Don'Ana cochichava com o irmão, que voltara para a mesa.

– Bento, quero que saibas que Garibaldi pediu a mão de Manoela. Não sei...

Apanhado de surpresa, o general enfarruscou a cara. Não escondeu sua contrariedade à irmã. Disse mesmo que em absoluto esperava por uma notícia como aquela. Assustada, Don'Ana ponderou, meio sem voz, que afinal tratava-se de um oficial de suas fileiras, um herói reconhecido não só no Rio Grande como até na Europa. Um moço de muito valor, disse de maneira quase inaudível. O irmão mantinha-se calado e de feições duras. Ela aguardou um instante e ganhou coragem para voltar à carga:

— Além do mais, lamento dizer, Manoela está apaixonada por ele. Repara lá os dois.

Bento demorou-se algum tempo observando o par que girava graciosamente e disse, pausadamente:

— Fui apanhado de surpresa, o que senta muito mal em um general, um militar. Não sei, acho que não haveria nada de mal, ambos são jovens, de boa saúde e nota-se que estão mesmo apaixonados. Mas, por outro lado, Ana, Garibaldi ainda é para todos nós uma incógnita, quase um desconhecido. Carbonário na Europa, fomos buscá-lo para as missões pesadas de corsário. Da Argentina e do Uruguai trouxe a fama de mulherengo, vida incerta e boêmia. Costuma fazer-se acompanhar, mesmo durante as batalhas em que toma parte, por mulheres brancas ou negras.

– Mas foste tu mesmo quem nos apresentou a ele, dizendo tratar-se de alguém em quem podíamos confiar. E todos repetem que ele é um dos teus, que é o teu braço direito nas águas do Rio Grande. E agora...

– Eu sei, claro que tudo isso é verdade. Eu compreendo os teus sentimentos e os de Manoela, mas Garibaldi é um guerreiro que hoje é visto dançando aqui e amanhã poderá ser morto numa batalha qualquer.

– Como é o teu caso – ponderou a irmã.

— Quase. Eu sou aqui da terra, tenho aqui as minhas raízes, vivo ou morto ficarei sempre aqui. Já com ele acontece algo diferente. Vamos entregar Manoela a um homem que, terminada a guerra, se dela sair com vida, retorna à pátria, vai juntar-se aos seus companheiros, desaparece. Manoela é muito frágil, é delicada demais para ser entregue a um homem como Garibaldi.

— E que diremos a ele? Com uma recusa destas ele pode muito bem zangar-se, pegar sua mochila e despedir-se de todos e da causa farroupilha. Ele e seus poucos amigos que entendem de barcos, de velas e de manobras navais.

— Bem, neste caso este seria um problema muito mais meu do que de vocês, propriamente. Quero apenas um pouco de tempo, algumas horas, a fim de encontrar uma maneira hábil para dizer a ele da impossibilidade desse casamento, sem ferir o seu amor-próprio.

— E quem fará isso?

— Eu. E agora, se me dás licença, vou dançar com Maria Manoela enquanto penso numa saída. O padre Vieira não teve um estalo?

E dançou calado por algum tempo, respondendo de maneira vaga algumas perguntas da irmã. Sobre Manoela, nada. E ficou satisfeito. Preferia discutir o assunto com Ana. Viu quando Garibaldi, acompanhado pela sobrinha, sentava-se a um canto, sob o olhar curioso de quase todos. Ele descontraído, Manoela tímida, sem saber onde descansar as mãos, olhos fixos nas pontas dos sapatos. Quando Bento Gonçalves retornou à companhia de Don'Ana, dava mostras de haver encontrado a chave do enigma que o azucrinava momentos antes. Afinal, acabava de descobrir a fórmula mágica. Desabafou o plano:

— Minha querida Ana, tudo muito

simples e sem maiores dramas. Tu mesma vais dizer a ele que o seu pedido a Maria causara tanta surpresa que não te ocorreu revelar algo que dificultava, e muito, o desejo dele: Manoela está comprometida com meu filho Joaquim.

– Mas isso não é verdade.

– Pode ser que não seja verdade, pode ser, mas fique certa que, no que tocar a mim, vou fazer todo o possível para que o seja. Sabes bem, Joaquim gosta muito de Manoela.

– E pode-se prever a reação dele?

– Deixa isso comigo. Estou acostumado a carregar pedras. Falo com ele, explico a situação com cuidado. Estou certo que ele compreenderá. E depois, Garibaldi não é homem para abandonar uma luta como esta nossa, não vai nos largar no meio do caminho. Ana, ele vai até o fim comigo.

– E Manoela?

– É missão tua. É moça ajuizada,

sensata, obediente, compreensiva. Faz com que ela compreenda que Garibaldi, apesar de todas as aparências, não passa de um expatriado, de um aventureiro internacional. Um bom homem. Um homem muito valente. Mas, como marido, chefe de uma família, um desastre. Ela precisa de alguém que fique a seu lado, que lhe dê proteção, além de amor. Manoela vai entender, Ana. E depois, não temos outra saída. É sair por aí ou entregar Manoela à própria sorte.

De onde estava, Garibaldi notou os irmãos conversando preocupados. Estariam falando dele e de Manoela? Bento já sabia de seu pedido? Teria se mostrado insatisfeito com o pedido que fizera? Seu primeiro ímpeto foi levantar-se, puxar uma cadeira para junto deles e falar com franqueza, abrir seu coração, confessar sua paixão pela moça. Mas permaneceu onde estava, junto a ela, sentindo a sua presença, seu doce embaraço.

O baile no casarão terminou depois da meia-noite. Os fandangos nos galpões entraram madrugada adentro, até o sol raiar. Antes de retirar-se, Bento Gonçalves fez questão de assistir à "dança do caranguejo". E logo depois a alegria da "meia-cancha", com os dançarinos convidando as damas com um sinal de lenço, até que todos se uniam no meio do grupo e a música iniciava uma polca saltitante.

Despediu-se de Garibaldi e seus companheiros, alegou que estava muito cansado e preocupado com a situação da causa, com os preparativos cada vez mais intensos dos imperiais que ocupavam Porto Alegre e que não demonstravam o mais leve sinal de esgotamento. Ficou na porta principal, acenando para os cavaleiros que se retiravam e foi dormir. Só acordou quando o sol ia alto. A seu lado, atenta, Don'Ana dava mostras de não ter dormido. Seu ar abatido preocupou o irmão:

— Já vi que não conseguiste pregar o olho. Alguma novidade?

— Não estava em mim, só consegui um certo alívio quando falei com Manoela.

— E...

— Fechou-se no quarto e até agora lá está, desfeita em pranto. Não sei, não, mas vai ser muito duro para a pobrezinha.

— Conseguiste explicar tudo para ela, conforme te pedi?

— Tudo. Para vergonha minha, cheguei a mentir, a inventar graves defeitos no coitado do rapaz. Mas ela não se conforma, acha que há uma conspiração contra eles. Bento, vou entregar tudo nas mãos de Deus Nosso Senhor.

— E estás disposta a fazer outro tanto com Garibaldi?

– Se este é o meu destino...

– Pois diga a ele, quando retornar hoje à tarde, aquilo que combinamos. Sabes, o mar voltará a ficar calmo, águas mansas e céu azul. Marinheiro entende disso como ninguém. E um soldado, ainda mais. E agora, com licença.

E foi o que aconteceu. Garibaldi ouviu de Don'Ana, naquele dia mesmo, a triste e surpreendente notícia. Foi como se a pessoa envolvida na história nada tivesse com ele. Tudo se passava com um estranho de quem não sabia sequer o nome. A pobre senhora tinha feito planos de ser sucinta, mas, diante do silêncio do jovem, foi alongando-se em detalhes, misturando as dificuldades reais com as imaginárias, num crescendo que só teve fim quando ele disse:

– Sou muito grato à senhora pela gentileza das informações e mais ainda pela generosidade de tentar me consolar. Manoela merece viver a sua própria vida e depois, a senhora sabe, um homem como eu de fato nunca sabe se estará vivo amanhã. Desejo a ela toda a felicidade do mundo.

– Não desejo outra coisa para o senhor.

– Obrigado. E fique tranqüila. Eu sempre soube que o lugar de um marinheiro é dentro do mar.

Ao ser abordado por Bento Gonçalves sobre o assunto, Garibaldi pediu ao general que poupasse suas palavras, ele compreendia perfeitamente a barreira que existia entre o futuro de Manoela e o seu próprio destino. Tranqüilizou o general:

– Volte para a luta, presidente. E esteja certo que eu tratarei de cumprir com meus compromissos para com a revolução. Don'Ana se mostrou satisfeita com o que eu disse e deve ter contado a Manoela como encarei a situação. Sei muito bem que jamais a esquecerei em toda a minha vida. Desejei toda a felicidade do mundo a ela e a seu filho Joaquim. Creio que será um casamento perfeito.

Bento Gonçalves teve a nítida impressão de que Garibaldi não estava muito certo da veracidade de tudo aquilo. Por alguns momentos ficou sem saber o que dizer, mas, afinal, encontrou um meio. Revelou ao amigo e companheiro de lutas que regressaria naquela madrugada para encontrar-se com seu Estado-Maior. Iriam transferir-se para Caçapava, onde se instalaria a sede do governo da República.

E logo depois estavam os dois debruçados sobre mapas e traçados, à sombra de um velho e grande cinamomo, cercados pelos oficiais de Garibaldi. Não havia esperanças imediatas de retomar Porto Alegre. Pelotas pas-

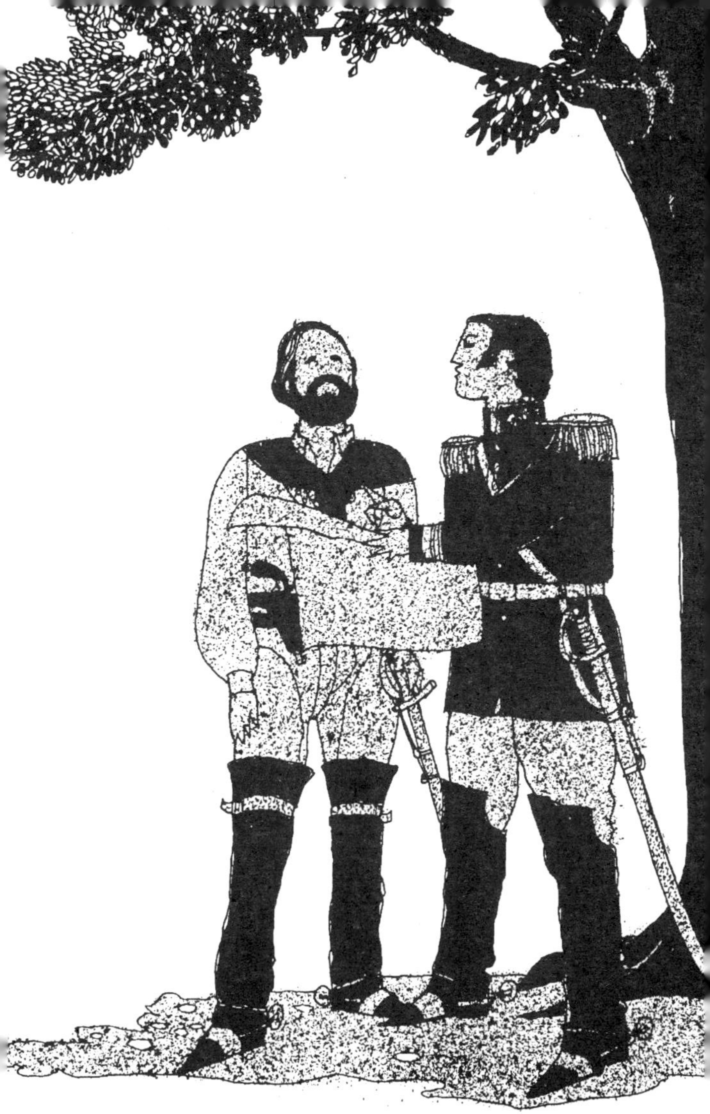

sava de mão em mão. Rio Grande ainda era um baluarte imperial. Quando Bento Gonçalves apresentou suas despedidas, o sol desaparecia no horizonte. Ao apertar a mão áspera de Garibaldi, ele sentiu um sentimento de culpa, como se estivesse traindo alguém. Dispensou a guarda oferecida pelo comandante, pois contava com um bom contingente de praças e oficiais, e desapareceu na estrada ao cair das sombras da noite. Acenou para trás, quando não era mais visto.

Logo depois, Garibaldi informava que não se sentia muito disposto e que não pretendia jantar. Matru, calado a um canto, sabia de tudo. Viu quando ele desaparecia no cavername que fazia as vezes de quarto, levando consigo um lampião de luz forte, seus mapas e documentos, seus livros de anotações de guerra e, no rosto, uma inconsolável expressão de tristeza.

Afundado na sua solidão, lutando contra seus sentimentos, Garibaldi começou ali mesmo a traçar os primeiros planos destinados a enganar as fragatas imperiais que guarneciam a embocadura do Guaíba, de maneira a transpor a Lagoa dos Patos e rumar para Santa Catarina. Pensava em alcançar Laguna e lá, aproveitando-se dos baixios apropriados para seus lanchões, iniciar uma feroz guerrilha contra os navios inimigos que teriam suas manobras dificultadas pelos calados profundos. Era preciso manter longe do Rio Grande o poderio naval do Império que terminaria por acarretar a derrota final do movimento.

Tentou em vão rabiscar os primeiros traços. Escrever as primeiras linhas. Os mapas lhe pareciam imprecisos, as letras, confusas, fora de foco, embaciadas. A seu lado o fantasma de Manoela, sua doce voz, seus gestos suaves. Sentiu na pele do braço até mesmo o calor de sua mão delicada. Que, afinal, lhe teria dito Don'Ana? Pobre Manoela. Suspirou: pobre de mim!

Dias depois, quando os republicanos apresaram no rio Caí duas canhoneiras, três botes e um lanchão, Bento Gonçalves tomou a recusa de Garibaldi em apresentar-se ao local da batalha vitoriosa como um ressentimento pessoal pelo que houvera na fazenda, semanas antes. Os estaleiros de Camaquã mal terminavam seus barcos e os imperiais manobravam cerca de trinta embarcações de grande porte e extraordinário poder de fogo. De um lado as baterias postadas na ilha do Junco. De outro, nas vastas águas da lagoa, a esquadra toda-poderosa que tinha por missão principal reter Garibaldi e seus lanchões naquele local, dificultando seus movimentos e deslocações noturnas.

Para justificar sua decisão Garibaldi escreveu a Bento em estilo formal, mas amigável, uma longa carta onde informava os efetivos e as missões da esquadra inimiga, composta de navios a vela e três vapores, noventa bocas de fogo e cerca de mil homens bem treinados, bem equipados e alimentados adequadamente. "Nossos lances – dizia ele – terão mais o caráter de romântico heroísmo e pouco de efetivo benefício militar." *Nulla potemo noi operare in tutto il tempo che passammo in quella parte del lago.*

Ao receber o aviso do ataque imperial a Laguna, Garibaldi rejubilou-se. Ainda que tida como uma missão impossível, ele desejava ardentemente participar dela para afastar-se do lugar onde passara os últimos meses. Muito próximo dali, estava Manoela, a quem não vira mais, sequer a sombra do rosto na janela. Agora ele queria fugir de sua proximidade, precisava distanciar-se da imagem que não lhe saía dos olhos, que não abandonava seu pensamento nas longas e dolorosas noites de vigília. Preenchia seu tempo acelerando as obras, infernizando a vida de seus

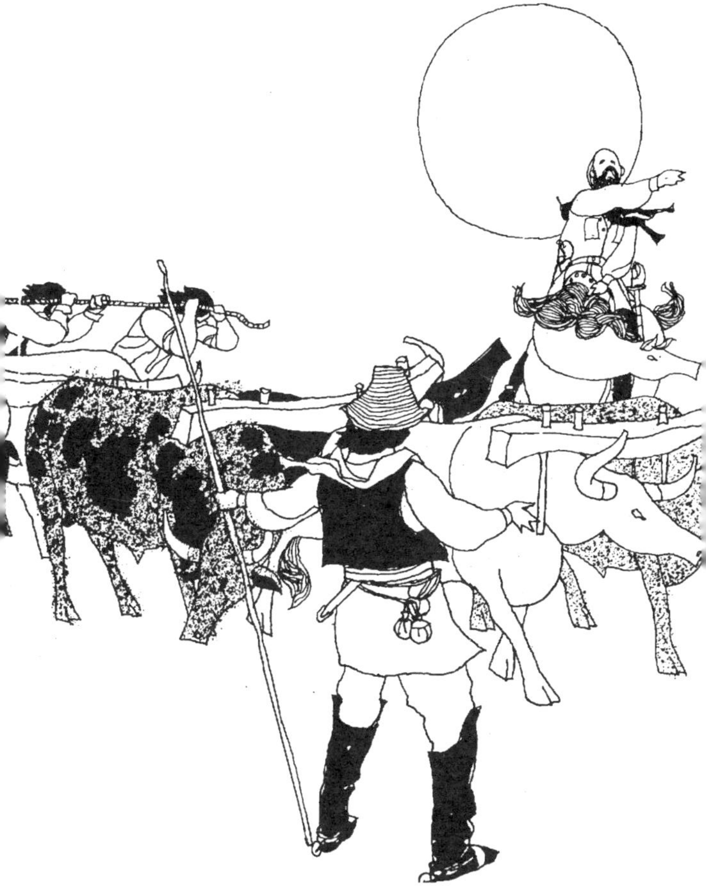

homens, traçando planos e tomando decisões ousadas.

Deixaria dois de seus menores barcos naquela zona, alfinetando à noite as fragatas imperiais, e seguiria juntamente com Grigg no rumo do Atlântico sem passar por Rio Grande. Conseguiu, na calada da noite, levar seus dois maiores barcos para a margem esquerda da lagoa, junto ao rio Capivari, dentro dos planos que não ousara revelar a ninguém, a não ser de maneira vaga. E chegando lá tratou de pedir juntas de bois e pares de grandes rodas de carreta. Revelou a seus oficiais o que pretendia fazer. – Mas é uma loucura – disse Matru.

No casarão da Estância de Camaquã, Don'Ana preocupava-se com o mutismo absoluto de Manoela. A moça emagrecia a olhos vistos. Poucas vezes sentava-se à mesa. Permanecia dias e dias fechada no quarto, postigos cerrados, porta trancada. A mãe passava horas seguidas encostada à porta de madeira rústica, ouvindo o choro abafado da filha. Fazia-lhe apelos repetidos e terminava voltando para junto de sua irmã Ana, perguntando o que fazer naquele caso. Manoela definhava.

– Isso passa com o tempo – dizia-lhe Don'Ana. – O amor é como as brasas. Afastando-se delas o ar com que se alimentam, viram cinzas. Ela termina esquecendo.

– Conheço bem a minha filha – dizia-lhe a irmã, chorosa. – Ela vai levar os seus sentimentos para o túmulo.

Don'Ana pensava assim também, mas não queria confessar, temendo que as coisas se agravassem. Um dia, chegou a dizer para as irmãs:

– Ela ainda pode vir a apaixonar-se pelo Joaquim. É um belo rapaz e deve saber como conquistar o amor de uma moça.

Rosto colado ao vidro da janela, horas a fio, enfraquecida, Manoela divisava na curva da estrada que desembocava na porteira principal grupos imaginários de cavaleiros tendo à frente a figura desempenada e viril de Garibaldi. Mas o magote se dissolvia na paisagem, tudo voltava a ficar ermo e silencioso, ela tornava a embrenhar-se na sua solidão, fechava os postigos e expulsava do quarto a pouca luz que ainda banhava aquele seu cárcere voluntário.

Don'Ana, às vezes, batia na porta repetidamente e, ao ouvir a voz da sobrinha, rouca e abafada, tentava convencê-la de que devia sair um pouco, tomar sol, respirar o ar puro das belas manhãs daqueles dias. Manoela repetia um lamurioso "não". E quando resolvia sair era apenas por alguns minutos, arredia e sestrosa, recusando-se a falar com quem quer que fosse. Pare-

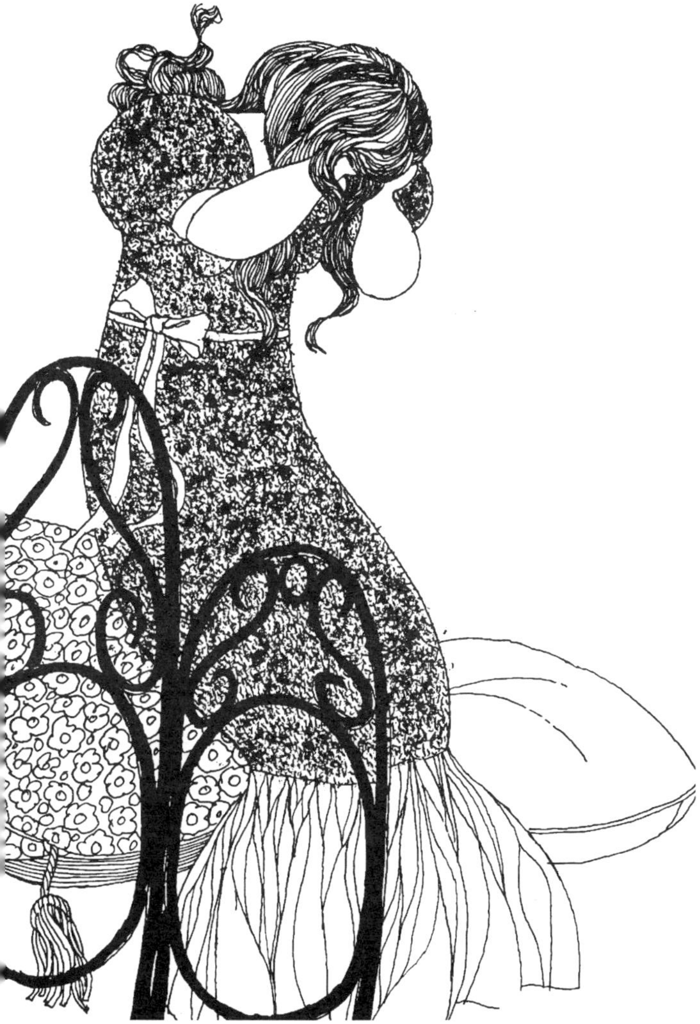

cia a todos um bicho do mato que vagasse sem rumo pelo casarão. Algumas vezes caminhava por um pedaço de campo que levava à porteira, demorava-se por lá como se esperasse por alguém, acompanhada sempre pelo olhar triste de Don'Ana, que sabia muito bem por quem ela esperava.

Foi retornando, aos poucos, ao convívio da família. Sentava-se à mesa para beliscar isso ou aquilo, mas só respondia por monossílabos às perguntas que lhe faziam. Outras vezes sentava-se do lado de fora da porta, sem nada fazer, olhos perdidos na distância das coxilhas, indiferente ao que se passava ao redor. Mal a noite se anunciava, recolhia-se ao quarto, sem pressa, e todos ouviam o ranger da chave na fechadura. Era mais uma longa noite de agonia e de lágrimas. Don'Ana chegou a dizer às irmãs:

— Meu Deus, Manoela não merecia isso. Ela está envelhecendo. Notei ontem, quando uma nesga de sol bateu em seus cabelos, os primeiros fios brancos que não são do tempo, mas da tristeza. O Senhor sabe que eu de nada tive culpa. Fiz o que devia fazer naqueles dias. Eu sabia que se as coisas não dessem certo, aconteceria exatamente isso.

As irmãs só ouviam. O primo Joaquim em vão tentou quebrar a dor de Manoela, sem nenhum resultado. A moça olhava para ele com aquele seu olhar vago e distante, e não chegava a sorrir ou a dizer uma palavra. Até que uma carta breve e seca de Joaquim chegou à fazenda. Participava aos parentes o seu casamento. Outros rapazes tentaram o mesmo, chegando aos domingos como por acaso, e voltaram desiludidos. Manoela permanecia a mesma. Por onde andaria Garibaldi depois de atravessar todos aqueles pantanais costeiros, rumo ao Norte?

Uma noite, no grande silêncio que oprime os descampados, as irmãs ouviram nitidamente uma voz que parecia vir da distância. Era Manoela que cantava qualquer coisa em seu quarto. Acorreram à sua porta, colaram o ouvido na grossa madeira. Sim, era ela mesma. Cantava uma *romanza* de Nizza que Garibaidi aprendera em Marselha e lhe ensinara. Percebendo ruído do lado de fora, sua voz silenciou. Durante a noite, apertava os olhos e revia a figura do marinheiro comandando seus homens num convés varrido pelo fogo inimigo, até que o sono pesado da madrugada chegava de mansinho, afugentando os seus fantasmas.

Outras vezes, Manoela sentava-se numa cadeira de balanço, segurava com carinho um par de mãos invisíveis, passava-as no rosto molhado de lágrimas e repetia as palavras em italiano, as mesmas que ele dizia em seus poucos encontros.

Garibaldi, no alto Capivari, próximo à lagoa de Tomaz José, mandou seus homens cobrirem os altos mastros do *Farroupilha,* de quase trinta toneladas, e do *Seival,* de vinte, com galhos imensos de árvores. Movimentava-se sem cessar entre seus homens, dando ordens e ele mesmo pegando no duro e exaustivo trabalho de retirar dos tombadilhos as pesadas bocas de fogo. Era preciso reduzir ao máximo o peso dos barcos, inclusive levando para a terra os canhões de bronze. Dispunha, então, de setenta homens de combate e de tripulação. Quando caía de estafa, após dois ou três dias de penoso esforço, não conseguia dormir de pronto. E Manoela vinha deitar-se a seu lado, encorajando-o na luta. Passando suas mãos de seda nos seus longos cabelos, na sua barba hirsuta, proferindo doces palavras de amor e de incentivo. Ele acariciava o fantasma de sua paixão, enxergava dentro da mais negra escuridão os olhos da amada, ouvia no meio do coaxar dos sapos a sua voz suave e delicada.

Anos depois, muitíssimos anos depois, já envelhecido, ele escreveria sobre Manoela, como a justificar sua grande frustração, que *era fiddanzata ad un figlio dal presidente;* Bento Gonçalves não lhe teria mentido. Eram companheiros de uma guerra dura e prolongada. Respeitavam-se, acima de tudo. E registrou: *Si! Belissima figlia del Continente, io ero felice d'appartenerti communque fosse. Tu destinata a donna d'un altro!* Manoela, como alguém de carne e osso sempre presente, esteve ao lado dele quando da entrada de suas tropas em Bréscia, nos dias em que lutou na expedição dos Camisas

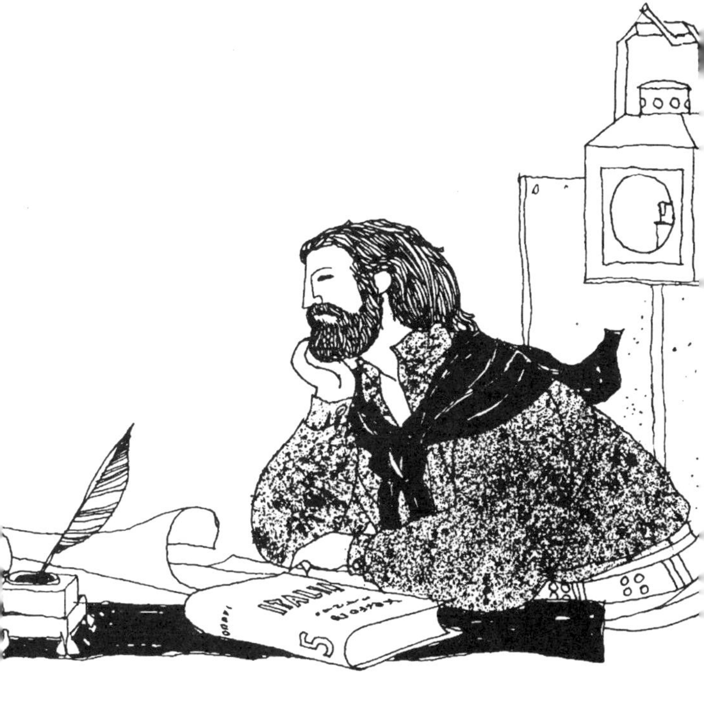

Vermelhas contra o Reino das Duas Sicílias, em Trentino, na Calábria, em todas as prisões e fugas. E quando se apodera de Montorodondo é ainda o olhar de Manoela que o segue e o anima, que o encoraja e o alimenta de fé.

Mas continua sendo apenas um fantasma. Viva, de carne e osso, sempre a seu lado, existia outra mulher de seus amores: Anita. E quando ela morre, na metade do século, ele segue o seu destino, já então na companhia de dois fantasmas que engolfam a sua vida tumultuada. Gibraltar, Tanger, Nova York, América Central, Costa do Pacífico, Lima. E outra vez, mais uma vez, a Itália de seus amores e de seus sacrifícios.

Manoela nunca mais ouviu uma palavra sequer a respeito de Garibaldi. Era um nome que ninguém seria capaz de pronunciar. Ele andaria perdido por este mundo de Deus ou já teria morrido? Andaria ele tentando melhorar um mundo que para ela de há muito se acabara? Sua mãe morrera, silenciosa como sempre, triste e apagada. Morreram as boas tias. Don'Ana se finara aos poucos. Sozinha, Manoela deixara a fazenda povoada de tristes lembranças e se mudara para Pelotas. Lá, numa velha casa, tecia as suas tristezas e lembranças. Não sabia mais o que era chorar. Secaram-lhe as lágrimas. Os traços do rosto de seu grande amor esfumaram-se com o tempo. Muito vagamente, ficaram apenas o porte altivo, os longos cabelos rebeldes, a barba rústica. E sempre aqueles olhos azuis que revelavam a sua imensa bondade. Cantarolava antigas canções de ninar. Sentava-se, nas noites de verão, no pátio interno da casa e buscava o sono tentando contar as estrelas, observando as mariposas. Conversava com ninguém e, quando alguns parentes a procuravam, ouvia a todos sem dizer nada, olhar perdido, cabelos soltos, pele murcha e roupas em desalinho. Diziam, a coitada não vive neste mundo. Na cidade, não havia uma pessoa que um dia tivesse visto uma fresta em qualquer janela. Dois ou três empregados, uma fumaça na chaminé nos meses de inverno.

Jamais alguém a vira olhando para um homem, para os pretendentes que de início acreditavam fazê-la voltar à vida. Não. Ninguém mais no mundo tomaria o lugar de Giuseppe Garibaldi. Aquele mesmo que enchera de calor e de vida a Estância da Barra. As suas aparições na porteira, atravessando o pomar de laranjeiras frondosas, o renque de jerivás altaneiros e esguios. O azáfama dos escravos, a peonada lidando com os animais, o curral, as aves domésticas e, de vez em quando, os tímidos e vigiados banhos na lagoa.

Até que ali aportaram os marinheiros, era a guerra que chegava nos pagos tranqüilos, e com ela o estaleiro que vedava os passeios pelas margens quietas daquela imensidão de água. Agora, esquecida, vagando pelos corredores e peças quase vazias do casarão, Manoela cumprimentava seus fantasmas, tecia suas vestes invisíveis, cuidava do silêncio, rolava-se na cama de dossel e surpreendia-se por não ter mais lágrimas. Uma noite, era inverno e não havia fogo na lareira, ela sentiu uma dormência no corpo, chamou por Garibaldi, disse, meu amor, senta-te aqui a meu lado, quero sentir o calor das tuas mãos, quero ouvir a tua voz, preciso de ti, mais do que nunca. E ele se acercou de sua cama; viu quando ele abria um postigo da janela e a fraca luz que vinha da rua. Ouviu as vozes dos marinheiros e o marulhar da água nos cascos de madeira.

Perguntou, mas afinal, quando foi mesmo que tudo isso aconteceu? Fechou os olhos. Mais perto, amor. Tenho muito frio. Quero que fiques a meu lado para sempre. Vê, meu corpo já flutua no mar. Não me deixes. Lá embaixo as águas são negras e muito profundas.

Quando as pessoas abriram o jornal, no dia seguinte, comoveram-se com a manchete de primeira página: "Morreu a noiva de Garibaldi". E se alguém prestasse atenção ao vento, ouviria por certo uma distante voz de marinheiro a repetir, de coração partido: *Tu destinata a donna d'un altro!*

SUMÁRIO
BIOBIBLIOGRÁFICO

Josué Marques Guimarães nasceu em São Jerônimo, no Rio Grande do Sul, em 7 de janeiro de 1921. No ano seguinte sua família mudou-se para a cidade de Rosário do Sul, na fronteira com o Uruguai, onde seu pai, um pastor da Igreja Episcopal Brasileira, exercia as funções de telegrafista. Após a Revolução de 30 sua família foi para Porto Alegre, onde Josué Guimarães prosseguiu os estudos primários, completando o curso secundário no Ginásio Cruzeiro do Sul, mesma escola onde estudou o escritor Erico Verissimo.

Em 1939 foi para o Rio de Janeiro, onde, no *Correio da Manhã,* iniciou-se como jornalista, profissão que exerceria até o final de sua vida. Com a entrada do Brasil na Segunda Guerra, voltou para o Rio Grande, onde concluiu o curso de oficial da reserva, sendo designado para servir como aspirante no 7º R.C.I. em Santana do Livramento. Alistou-se como voluntário na FEB (Força Expedicionária Brasileira), mas foi recusado por ser casado. De volta à imprensa, seguiu na carreira que o faria passar pelos principais jornais e revistas do país. Trabalhou em inúmeras funções, de repórter a diretor de jornal, passando por secretário de redação, colunista, comentarista, cronista, editorialista, ilustrador, diagramador e repórter político. Quando morreu, em 1986, era o diretor da sucursal da *Folha de São Paulo* em Porto Alegre. Atuou como correspondente especial no Extremo Oriente em 1952 (União Soviética e China Continental) e, de 1974 a 1976, como correspondente da Empresa Jornalística Caldas Júnior em Portugal e na África.

Como homem público, foi chefe de gabinete de João Goulart na Secretaria de Justiça do Rio Grande do Sul, governo Ernesto Dornelles; foi vereador em Porto Alegre pela bancada do PTB, sendo eleito vice-presidente da Câmara. De 1961 até 1964, foi diretor da Agência Nacional, hoje Empresa Brasileira de Notícias, a convite do então presidente João Goulart. A partir de 1964, perseguido pelo regime autoritário, foi obrigado a escrever sob pseudônimo e a dar consultoria para empresas privadas nas áreas comercial e publicitária.

Josué Guimarães lançou-se tardiamente – aos 49 anos – no ofício que o consagraria como um dos maiores escritores do país. Seu primeiro livro foi *Os ladrões*, reunindo contos, entre os quais o conto que dá nome ao livro, premiado no então importante Concurso de Contos do Paraná (promovido pelo Governo do Paraná foi, nas décadas de 60 e 70, o mais importante concurso literário do país, consagrando e lançando autores como Rubem Fonseca, Dalton Trevisan, João Antônio, além de muitos outros).

Sua obra – escrita em pouco menos de vinte anos – destaca-se como um acervo importante e fundamental. Democrata e humanista ferrenho, Josué Guimarães foi sistematicamente perseguido pela ditadura e os poderosos de plantão, mantendo uma admirável coerência que acabou por alijá-lo do *meio cultural* oficial. Depois de Erico Verissimo, é, sem dúvida, o escritor mais importante da história recente do Rio Grande e um dos mais influentes e importantes do país. *A ferro e fogo I (Tempo de solidão)* e *A ferro e fogo II (Tempo de guerra)* – deixou o terceiro e último volume *(Tempo de angústia)* inconcluso – são romances clássicos da literatura brasileira e sua obra-prima, as únicas obras de ficção realmente importantes que abordam a saga da colonização alemã no Brasil. A tão sonhada trilogia, que Josué não conseguiu concluir, é um romance de enorme dimensão artística, pela construção de seus personagens, emoção da trama e a dureza dos tempos que, como poucos, ele soube retratar com emocionante realismo. Dentro da vertente do romance histórico, Josué voltaria ao tema em *Camilo Mortágua,* fazendo um verdadeiro corte na sociedade gaúcha pós-rural, inaugurando uma trilha que mais tarde seria seguida por outros bons autores.

Deixou quatro filhos do primeiro casamento e dois filhos do segundo. Morreu no dia 23 de março de 1986.

OBRAS PUBLICADAS:

Os ladrões – contos, Ed. Forum, 1970
A ferro e fogo I (Tempo de solidão) – romance, L&PM, 1972
A ferro e fogo II (Tempo de guerra) – romance, L&PM, 1973
Depois do último trem – novela, L&PM, 1973
Lisboa urgente – crônicas, Civilização Brasileira, 1975
Tambores silenciosos – romance, Ed. Globo (Prêmio Erico Verissimo de romance), 1976; L&PM, 1991
É tarde para saber – romance, L&PM, 1977
Dona Anja – romance, L&PM, 1978
Enquanto a noite não chega – romance, L&PM, 1978
O cavalo cego – contos, Ed. Globo, 1979; L&PM, 1995
O gato no escuro – contos, L&PM, 1982
Camilo Mortágua – romance, L&PM, 1980
Um corpo estranho entre nós dois – teatro, L&PM, 1983
Garibaldi & Manoela (Amor de perdição) – romance, L&PM, 1986
As muralhas de Jericó – depoimento, L&PM, 2001

Infantis (todos pela L&PM):

A casa das quatro luas – 1979
Era uma vez um reino encantado – 1980
Xerloque da Silva em "O rapto da Dorotéia" – 1982
Xerloque da Silva em "Os ladrões da meia-noite" – 1983
Meu primeiro dragão – 1983
A última bruxa – 1987

Coleção L&PM POCKET

411. A irmãzinha – Raymond Chandler
412. Três contos – Gustave Flaubert
413. De ratos e homens – John Steinbeck
414. Lazarilho de Tormes
415. Triângulo das águas – Caio Fernando Abreu
416. 100 receitas de carnes – Sílvio Lancellotti
417. Histórias de robôs: volume 1 – Isaac Asimov
418. Histórias de robôs: volume 2 – Isaac Asimov
419. Histórias de robôs: volume 3 – Isaac Asimov
420. O país dos centauros – Tabajara Ruas
421. A república de Anita – Tabajara Ruas
422. A carga dos lanceiros – Tabajara Ruas
423. Um amigo de Kafka – Isaac Singer
424. As alegres matronas de Windsor – Shakespeare
425. Amor e exílio – Isaac Bashevis Singer
426. Use & abuse do seu signo – Marília Fiorillo e Marylou Simonsen
427. Pigmaleão – Bernard Shaw
428. As fenícias – Eurípides
429. Everest – Thomaz Brandolin
430. A arte de furtar – Anônimo do séc. XVI
431. Billy Bud – Herman Melville
432. A rosa separada – Pablo Neruda
433. Elegia – Pablo Neruda
434. A garota de Cassidy – David Goodis
435. Como fazer a guerra: máximas de Napoleão
436. Poemas de Emily Dickinson
437. Gracias por el fuego – Mario Benedetti
438. O sofá – Crébillon Fils
439. O "Martín Fierro" – Jorge Luis Borges
440. Trabalhos de amor perdidos – W. Shakespeare
441. O melhor de Hagar 3 – Dik Browne
442. Os Maias (volume1) – Eça de Queiroz
443. Os Maias (volume2) – Eça de Queiroz
444. Anti-Justine – Restif de La Bretonne
445. Juventude – Joseph Conrad
446. Singularidades de uma rapariga loura – Eça de Queiroz
447. Janela para a morte – Raymond Chandler
448. Um amor de Swann – Marcel Proust
449. À paz perpétua – Immanuel Kant
450. A conquista do México – Hernan Cortez
451. Defeitos escolhidos e 2000 – Pablo Neruda
452. O casamento do céu e do inferno – William Blake
453. A primeira viagem ao redor do mundo – Antonio Pigafetta
454. (14). Uma sombra na janela – Simenon
455. (15). A noite da encruzilhada – Simenon
456. (16). A velha senhora – Simenon
457. Sartre – Annie Cohen-Solal
458. Discurso do método – René Descartes
459. Garfield em grande forma – Jim Davis
460. Garfield está de dieta – Jim Davis
461. O livro das feras – Patricia Highsmith
462. Viajante solitário – Jack Kerouac
463. Auto da barca do inferno – Gil Vicente
464. O livro vermelho dos pensamentos de Millôr – Millôr Fernandes
465. O livro dos abraços – Eduardo Galeano
466. Voltaremos! – José Antonio Pinheiro Machado
467. Rango – Edgar Vasques
468. Dieta Mediterrânea – Dr. Fernando Lucchese e José Antonio Pinheiro Machado
469. Radicci 5 – Iotti
470. Pequenos pássaros – Anaïs Nin
471. Guia prático do Português correto – vol.3 – Cláudio Moreno
472. Atire no Pianista – David Goodis
473. Antologia Poética – García Lorca
474. Vidas paralelas: Alexandre e César – Plutarco
475. Uma espiã na casa do amor – Anaïs Nin
476. A gorda do Tiki Bar – Dalton Trevisan
477. Garfield um gato de peso – Jim Davis
478. Canibais – David Coimbra
479. A arte de escrever – Arthur Schopenhauer
480. Pinóquio – Carlo Collodi
481. Misto-quente – Charles Bukowski
482. A lua na sarjeta – David Goodis
483. Recruta Zero – Mort Walker
484. Aline 2: TPM – tensão pré-monstrual – Adão Iturrusgarai
485. Sermões do Padre Antonio Vieira
486. Garfield numa boa – Jim Davis
487. Mensagem – Fernando Pessoa
488. Vendetta *seguido de* A paz conjugal – Balzac
489. Poemas de Alberto Caeiro – Fernando Pessoa
490. Ferragus – Honoré de Balzac
491. A duquesa de Langeais – Honoré de Balzac
492. A menina dos olhos de ouro – Honoré de Balzac
493. O lírio do vale – Honoré de Balzac
494. (17). A barcaça da morte – Simenon
495. (18). As testemunhas rebeldes – Simenon
496. (19). Um engano de Maigret – Simenon
497. (1). A noite das bruxas – Agatha Christie
498. (2). Um passe de mágica – Agatha Christie
499. (3). Nêmesis – Agatha Christie
500. Esboço de uma teoria das emoções – Jean-Paul Sartre
501. Renda básica da cidadania – Eduardo Suplicy
502. (1). Pílulas para viver melhor – Dr. Lucchese
503. (2). Pílulas para prolongar a juventude – Dr. Lucchese
504. (3). Desembarcando o Diabetes – Dr. Lucchese
505. (4). Desembarcando o Sedentarismo – Dr. Fernando Lucchese e Cláudio Castro
506. (5). Desembarcando a Hipertensão – Dr. Lucchese
507. (6). Desembarcando o Colesterol – Dr. Fernando Lucchese e Fernanda Lucchese
508. Estudo de mulher – Balzac
509. O terceiro tira – Flann O'Brien
510. 100 receitas de aves e ovos – José Antonio Pinheiro Machado
511. Garfield em Toneladas de diversão – Jim Davis
512. Trem-bala – Martha Medeiros